KB178413

푸른사상
시선

47

세온도를 그리다

정 선 호 시집

푸른사상 시선 47

세온도를 그리다

인쇄 · 2014년 9월 20일 | 발행 · 2014년 9월 29일

지은이 · 정선호
펴낸이 · 한봉숙
펴낸곳 · 푸른사상
주간 · 맹문재 | 편집 · 지순이 | 교정 · 김소영

등록 · 1999년 7월 8일 제2-2876호
주소 · 서울시 중구 충무로 29(초동) 아시아미디어타워 502호
대표전화 · 02) 2268-8706(7) | 팩시밀리 · 02) 2268-8708
이메일 · prun21c@hanmail.net / prunsasang@naver.com
홈페이지 · http://www.prun21c.com

ⓒ 정선호, 2014

ISBN 979-11-308-0286-2 03810
ISBN 978-89-5640-765-4 04810 (세트)

값 8,000원

세온도를 그리다

첫 시집을 내고 7년이 지났다. 5년을 외국에서 지내왔다. 회사 일로 해외 출장 또는 파견 근무로 타국에 있으면서 일을 했고 시를 읽었고 썼다. 두 번째 시집에서는 계속되는 해외 생활로 인해 정적인 것보다는 동적인 것에 관심을 갖고 그 감상을 적었다.

특히 한국과 전혀 다른 자연 환경과 정서를 가진 필리핀에서는 자연의 소중함과 우주의 생성 등 근원적인 것에 관심을 갖게 되었다. 필리핀의 많은 사람들과 대화하면서 한국에서의 생각들을 비교도 해보고 한국의 장점을 필리핀인들에게 전달하기도 했다. 또한 근대 이후 한국과 비슷한 역사를 거쳐온 동질감을 갖고 '아시아적 가치'를 찾으려 노력했으며 그것을 작품화했다.

유럽의 여러 나라에서는 발달된 경제와 정치, 문화들을 경험하면서 우리나라의 수준, 특히 낙후된 정치 수준을 가늠할 수 있었다. 경제적인 측면에선 자본주의 체제에서 '천민자본주의'를 극복하고 모든 국민이 경제적 평등을 누릴 수 있는 것들에 대해 고민할 수 있었다. 문화적인 측면에선 한국인의 우수한 창의성을 다시금 확인했으며, 문화산업의 발전 방향에 대해서도 생각해봤으나 작품화하지 못한 점이 아쉽다.

지난 7년 동안 나는 한 번 이직을 한 직장에서 일하고 있고, 내 아이들은 무럭무럭 자라 대학에 입학할 나이가 되었으며, 아내는 30대 시절보다 어깨가 처진다고 푸념하는 것이 현재 나의 가계다. 가족과 떨어져 지내는 일이 많았던 지난 7년이기에 한없이 미안해 이번 시집으로 그 마음을 대신했으면 한다. 또한 해외 생활을 핑계로 모임에 참석치 못하는 나를 항상 이해해주는 주위의 문인들에게도 이번 시집으로나마 감사의 마음을 전한다.

2014년 우기가 지속되는 필리핀 수빅시에서

■ 시인의 말

제1부

제2부

제3부

| 차례 |

제4부

제1부

유행가를 다시 부르다

리메이크된 유행가, 가사는 그대로인데 음정과 박자가 바뀌었군요 젊은 작곡가들이 노래가 처음 만들어지던 세월을 리메이크한 것일 뿐 변한 것은 아무것도 없지요 한때 무대 위를 화려하게 장식했던 노래, 세월 흐르자 강물 속에 가라앉았다가 수면 위로 떠올라 다시 흐르는 거지요 다시 예전 사람들과 요즘 사람들이 섞여 함께 바다로 향하는 것이지요 예전보다 빠르게, 외래어도 섞어 부르네요 보세요, 펑퍼짐한 청바지 입은 늙은 가수들이 다시 기타 들고 길을 나서고 있어요 젊은 가수들도 리메이크된 악보를 들고 무대에 올라가고, 젊은 관객들은 제 부모들이 그랬듯이 노래에 맞춰 환호성을 지르고 있어요

그 노래들 강물 위에 꽃밭을 이뤄 환하게 흐르고 있네요

야자나무라는 짐승

그날은 해변에서 야자나무를 마주했다
몸뚱이는 바람에 닳고 닳아 밋밋하고
겨우 머리끝에 줄기를 만들고 열매 맺어
바다라는 우리에서 울며 육질을 키웠다
그 가히 없는 울음들이 열매 안에 고였다

야자나무를 닮아 거친 피부의 적도 사람들은
밋밋한 야자나무의 몸뚱이를 타고 올라가
뚝, 열매를 따서 야자나무로 지은 집으로 갔다
붉은 사랑의 흔적 찾아 음식을 만들고
해와 달의 슬픔과 바람의 흔적을 마셨다

야자나무 열매를 먹은 사람들은 전봇대처럼
연인과 손을 꼭 잡고 해변을 걸었다
연인은 야자나무 밑에서 사랑을 나누었고
야자열매 같은 아이를 낳아 길렀다
아이들도 열매를 먹고 마시며 자랐다

그날 할 일 없이 해변을 걷던 내 몸도

수없이 파도에 부딪혀 팔과 다리를 잃고
정수리에 꽃 피고 열매 맺음이 서러워서
수만 번 서러워서 울고 울어
그 눈물 열매 안에 넣어 삭이고 삭였다

야자나무는 파도와 바람이 빚은 짐승이었다

봄의 재구성

—'보리 도예전'에 가서

보리의 문양이 새겨진 도자기 안에
바람과 보리가 살고 있다
그 안에서 겨우내 숨바꼭질하며
봄을 끌어당기고 있다
바람은 보리의 줄기를 단련시키고
추위에 움츠린 뿌리를 위로했다

보리는 흙이 빚은 도자기이다
흙은 겨우내 수천 도의 열기로
도자기를 굽듯 보리를 키우며
보리밟기하는 사람들의 정성과 웃음을
받아 도공에게 전한다

도공은 그걸 받아 도자기에
보리 문양을 그려넣고 녹색 물감 뿌렸으며
지혜롭게 크는 방법을 일러주었다
꼿꼿하게 자라 꽃 피우고 이삭 여문 후

끝내 아름답게 죽어가는 것 알려주었다

2월, 겨울의 규율을 배반한 흙과 보리는
봄을 재구성*했다

* 2012년 창원시 성산아트홀에서 '보리 도예전'을 주최한 김은진 작가
  의 '여는 글'에서 인용하였다.

바다 묘지

그 섬 산 중턱에 묘지 몇 개 있지요
망자들의 사지는 나무와 풀 되어
숲을 이루고 섬을 떠받치고 있는데요
바람에 자주 흔들렸을 사람들,
묘지 안에서 편안하게 누워
종일 바다만을 바라보고 있네요

외로움은 삭여 바다에 흘려보내고
묘지를 박차고 나오거나 울지 않아요
뭍의 많은 악기들은 온갖 소리로
묘지를 흔들어 깨우지만
파도소리에만 귀 기울이고 있네요

섬은 종일 흔들리다 달 떠오르면
파도에 밀려온 시신들을 거두어
땅을 파 묘지를 만들곤 하지요
새벽에 섬이 먼 바다에 무덤들을
부려놓고 돌아올 즈음

섬 안 묘지들은 기지개를 펴며

다시 바다에서 흐르고 있네요

미술관에서의 명상

그날 미술관에서 모처럼 생각의 나무가 자랐다
나무는 내가 미술관에 갈 때만 자라났는데
이젠 제법 가지도 뻗고 뿌리도 튼실하게 자랐다
어느 작가의 〈생각의 나무〉란 작품은
날 자주 미술관에 가도록 만들었다

요즘 많은 여성들은 초콜릿 복근의 남성을 원한다
초콜릿도, 복근이랄 것도 없이 중년을 살고 있는 난
나이 든 여성 작가의 작품 〈초콜릿 복근의 남자〉에서
내 생각의 나무가 자라지 못함을 직감했다
유적지에서 발견된 사람의 뼈 어디에도 초콜릿도
복근도 없다, 오직 생각의 나무만이 남아 있다

파도는 언제나 불꽃처럼 바다에서 살아 움직였다
밤에 해안가 도시에서 비춰지는 모습을
어느 젊은 작가는 〈파도의 불꽃〉을 작품으로 남겼다
불꽃은 때로 성이 나 육지에 불 지르기도 하고

초콜릿 복근의 남자를 태워 죽이기도 했다

바람은 자신이 움직이는 모든 곳에 흔적을 남겼다
바람이 생긴 후부터 그 기록은 바람의 나라에서
기록되고 있다, 다른 별에서 부는 바람도 마찬가지다
어느 작가는 〈바람의 궤적〉에서 바람의 행로를 찾았으나
그림으로 기록하는 것은 무모하다는 것을 알았다
바람의 나라 기록원의 카메라를 돌려볼 일이다

연꽃을 말하다

주남저수지 옆 연못에 연꽃 가득 피었다
여느 해와 같이 노인과 아이들이
그곳을 거닐며 연꽃으로 돌아갈 후생과
연꽃을 기억하지 못할 현실을 미리 보았다

중학생인 내 아이들을 데리고 그곳에 갔다
아이들이 어렸을 적에 꽃과 자연 보여주며
다시는 분단된 나라, 불평등한 사회를
물려주지 않겠다던 다짐이 사라져버린 지금,
공부에 시달리는 아이들 데리고 갔다

연꽃은 진흙탕에서 불처럼 피어났다
아이들이나 나도 진흙탕에서 살고 있다
염원과는 다르게 펼쳐지는 이승의 골짜기,
때로 그 염원이 이루어지는 때가 있긴 했지만
순간일 뿐, 언제나 진흙탕에서 숨 쉬고 있다

어쩌면 생은 연꽃처럼 진흙탕에서 살다가

노인이 되어서야 꽃자루를 올리고
마침내 죽음으로 꽃을 피워내는 것이다

저 연꽃은 수년 전에 다녀간 노인의 영혼이다
연꽃에 그들 이름이 또렷이 적혀 있다

잠수함을 만들다

주위의 문인들은 모임에 자주 빠지는 내게
잠수함을 만들고 있느냐 물었다
내 직장은 방위산업에 많은 비중을 두었다
나는 군함과 경비정을 만드는 일을 한다
일하는 이들은 방위산업법을 지켜야 한다
밖에서 제 업무를 타인에게 발설은 금지며
파업이나 단체 행동도 할 수 없다
하여 나는 어떤 모임에도 참석을 꺼려 왔다

대신 잠수함을 열심히 만들고 있다
철판을 잘라 선체를 완성하고 엔진을 달아
(더 이상은 보안상 적을 수 없음을 양해바람)
잠수함을 타고 시운전을 다니고 있다
바닷속에서 늘 온갖 시(詩)를 읽고 있으며
물고기며 조개들과 작품 토론을 하고
수초에 시화(詩畵)를 묶어 시화전을 열었다
가끔은 물고기들을 불러 시낭송회도 했다

앞으로도 계속 잠수함을 만들어

해저 생물들과 문학의 천국을 만들 거다

(앞으로 내가 문학 모임에 보이지 않으면 해저의 문학 모임에 참석한 줄 아시길)

밀림, 공항과 바다가 있는 저녁

수평선에 해가 지고 있던 휴일 저녁이었어요
수백만의 파도는 언제나 사람들 가슴을 향해 쳤지요
다른 섬에서 온 택배의 짐을 풀던 사람들은
파도처럼 일렁이며 귀를 바다 쪽으로 향했지요
해변을 걷던 연인들은 뜨겁게 포옹하며 입맞춤했지요

건너편 해변에 있는 다국적 운송업체의 전용 비행장에
비행기가 이륙하고 있었지요
수천 개의 섬에 흩어져 사는 필리핀인들에게
공항은 물품이 모였다가 하늘 길 따라
수많은 섬으로 흩어지는 하늘역이지요
공항 주위의 도로 건너 숲에선 풀벌레 소리 요란하고
바다에선 파도가 하늘 길에 부딪혀 물보라 일으켰지요

공항 길 건너 밀림에선 뱀과 새들이 밤을 준비했고
원숭이들의 짝짓기를 위해 나무들은 잎을 털어냈지요
밀림 안의 마을 사람들은 택배로 보낼 짐을 쌌지요
황혼을 불살라 나무가 꽃 피워내는 소리,

비행기가 이륙하는 굉음이 물보라를 일으켰지요

꽃이 피어나는 소리와 비행기의 이착륙 소리는
서로 팽팽하게 밀고 당기며 하루의 저녁을 완성했지요

보덴저 호수*에서

보덴저 호수에 눈 내린다
아내는 독일에 출장가거든 다른 것보다
부엌칼만은 꼭 사오라 했는데
날 좋은 그 칼로 가래떡을 자른 듯한 눈이
호수에 내리는 거다

수천 년 동안 칼에 의해 흥하기도 하고
망하기도 한 것이 인류의 역사이다
그 칼에 죽은 사람들의 영혼이
사람들의 정수리에 내리꽂힌 거다

눈이 내리자마자 녹여버리는 그 호수는
땅에서 죽은 것들이 바다로 흐르지 않도록
물을 가두고 있다
칼로 죽인 자들의 부끄러움은 녹이고
죽은 자들의 억울함은 증발시키고 있다

증발한 물이 다시 뭍에 눈으로 내리면

하얀 눈을 가진 아이들이

호수 근처의 언덕길에서 눈썰매를 탄다

＊ 독일 최남단에 있는 호수. 독일과 스위스의 사이에 위치한다.

지명수배자

목욕탕 입구에 지명수배 전단이 붙었다
요즘은 변장술이 발달해 목욕탕이 아니면
수배자를 발견하기 어려울 거다
그렇다, 모르는 일이다 내가 목욕탕 안
지명수배자 옆에서 때를 밀고 있는지
내 몸에 내 이름을 붙이고 다니지 않듯
그들도 수배자 표시를 내지 않는다

나 역시 경찰서처럼 오래전부터
나에 관계된 것들을 지명수배했다
내 의지와 상관없이 진행되는 일들과
누군가 정해 놓았을 내 운명을 수배했다
또한 내가 복제되어 어딘가에 살고 있을
수많은 나를 지명수배했다

그러자 모습이 다른 수십 명의 내 사진이
수배 전단에 인쇄되어 목욕탕 벽에 붙었다
그러나 내가 벌거벗고 탕 안에 들어가도

아무도 발견하지 못했다

영원히 붙잡히지 않을 수십 명의 내가

수배 전단 안에서 히죽 웃고 있다

망고나무 아래에서 버스를 기다리다

망고나무 아래에서 버스를 기다렸다
고국의 오래된 은행나무 같이 망고나무는
버스 정류장에서 그늘을 만들고
오가는 버스를 맞고 보내곤 했다
내 옆엔 혼혈의 젊은 필리핀인들
휴대폰에 문자를 넣어 어디론가 보냈다
서양에서 범선 타고 왔던 스페인 사람들과
계단식 논 만들어 농사짓고 고기를 잡던
아이타산족* 누구에게 보냈는가

언제나 버스는 정해진 시간에 오지 않았다
내가 기다리는 버스의 종착지는 스페인이거나
필리핀의 어느 마을이나 한국의 내 고향이거나
저승의 문턱일 거다, 그곳까지 멀리
에둘러 돌아가야 했다 지금은
호흡을 가다듬고 꿈속을 헤매듯
망고나무의 잎이 떨어져 싹이 오를 때까지
내 몸의 푸른 피 마를 때까지

버스를 기다려야만 했다

젊은 필리핀인들이 내 고향에 전파를 보내
버스를 당겨오고 있었다

* 필리핀 루손섬 북부의 토착민족 중의 하나이다.

순장의 풍습

열여섯 살 가야시대의 소녀가 벌떡 일어나
무덤 밖 세상 속으로 걸어나왔다[*]
기자들은 소녀에게 가야시대의 생활이며
저승에서의 생활에 대해 물었다

주인어른은 인자하고 자상했으며 저를 예뻐해 주었어요.
어느 날 어른은 심하게 병들어 죽고 말았어요 죽을 때 통증
이 심해 고통을 호소했지만 고칠 방도가 없었지요 난 그의
주검 앞에서 한없이 울었어요 어른의 죽음이 슬퍼서였고 그
를 따라 죽어 묻혀야 했던 내 신세가 슬퍼서였지요 난 혼례
도 못했고 늙은 부모님을 모셔야 했기 때문에 죽고 싶지 않
았어요 하지만 사내들이 내게 강제로 사약을 먹이고 말았어
요 죽어 저승에서 주인어른을 모시고 나중에 죽어 오신 부모
님, 형제와 살아왔지요

소녀는 제 또래들 있는 학교에 갔다
또래들은 인터넷으로 소녀의 출토 소식을 읽다가
소녀가 교실로 들어서자 함성 지르며

사인을 해달라며 모여 들었다

소녀는 모두에게 사인을 해주고

천오백 년 동안의 저승에서의 일들을

칠판에 가득 적었다

밤이 되자 소녀는 바람을 붙잡아 제 대신 순장시키고

박물관 속으로 들어가 가야금을 뜯으며

천오백 년 동안의 고독을 품었다

*2009년 경남 합천군에서 가야시대에 살았던 것으로 추정되는 16세가량
여인의 뼈가 남성들의 뼈와 같이 출토되었다.

내 마음의 태풍

그야말로 태풍 전야다
남태평양 바다는 여름이면 많은 태풍을 만들어
중국과 일본으로, 한국에도 보내곤 하는데
태풍이 오기 전날은 활시위를 당긴 궁사처럼
모든 것이 팽팽한 긴장을 하고 무언가를
무너뜨릴 준비를 하고 있다

태풍 오기 전날엔 내 마음도 서서히
그동안 모아두었던 긴장감을 한 곳으로 모아
강한 바람과 비를 만들고 회오리를 만든 후
고국의 어머니와 가족, 채소와 가축에게 보냈다

내 마음의 태풍은 고국을 돌아 소멸되지 않고
우주를 향하게 되었는데 먼저 달에 도착했다
달에 도착한 태풍은 계수나무가 있는 마을을
한 바퀴 돌아 달에 처음으로 비를 내리게 하자
토끼들은 신이 나 온 대지를 뛰어다녔다
대지엔 식물과 곡식이 자라나 굶주리며 살았던

토끼들에게 양식이 되었다

태풍은 소멸되지 않고 살아 화성에도 도착했으며
화성을 지나 목성, 토성, 천왕성, 해왕성에 갔다
내 마음의 태풍은 영원히 우주 속에서 살아
평화와 안녕의 메신저가 되어 모든 별을 향했다

혁명가의 가족사진

1928년 공산 혁명가였던 박헌영 가족이 찍은 사진을 보았지요 난 그것을 본 순간 엉뚱하게도 박헌영의 첫째 부인 주세죽의 미모에 눈길이 갔는데요, 일제하에서 궁핍한 생활이었지만, 여인은 서양식 정장을 했고 포즈도 오늘날과 다르지 않았지요 사진의 내용을 모르는 이에게 요즘 찍은 누구 가족사진이라면 믿을 것도 같았어요

그 사진은 기구한 여인의 운명의 시작이었지요 공산주의 운동을 같이하다가 만난 박헌영과 결혼했으나, 얼마 후 남편과 같이 일경에게 붙잡혀 감옥엘 갔지요 혁명가의 가족은 감옥에서 출소 후 소련에 도착하자마자 그 사진을 찍었지요 두혁명가는 사진을 찍으며 혁명의 전의를 불살랐을 테지요 소련에서 공산주의자 양성학교를 마치고 남편과 상하이로 가서 공산당 활동을 하던 중, 남편이 일경에 체포되어 행방이 끊기자, 남편의 친구였던 이단야와의 재혼, 이단야의 죽음과 소련 유배지에서의 고단한 생활, 그리고 박헌영이 있는 북한에 가려 했으나, 소련 정부의 불허로 이국땅에서 머물러야

했던 일들이 빠르게 지나갔지요

　자신과 전 남편이 그토록 원했던 공산주의 국가 북한에서, 박헌영이 미국의 첩자라는 누명을 쓰고 수감된 사실을 알았고, 박헌영의 구속으로 인해 딸의 안전을 위해 딸을 찾아 모스크바에 가던 중 폐결핵으로 죽어야 했던 운명을 미리 알았던 신을 난 저주하고 싶었지요 역사를 되돌려 그녀를 살려내고도 싶었지요

　그녀가 죽기 전 마지막으로 딸과 함께 찍은 사진 속, 내 또래 중년 여인의 향기를 미치도록 맡고 싶었지요 한 알의 약도 되지 못한 모든 이데올로기를 바닷속으로 던져버리고 부부를 환생시켜 세상에서 가장 단란한 가족사진을 찍어주고 싶었지요

쓸쓸한 식사

어느 날 돼지국밥 먹으러 갔는데요

식당 아주머니가 국밥 한 그릇을

내 앞에 놓았지요, 웬일인지

그녀는 잠깐 내 옆에 가만히 서 있다가

먹으면 안 된다며 국밥에 들어 있던

돼지의 젖꼭지를 빼갔지요

나는 순간 무척 쓸쓸해져 와

쓸쓸함이 내 심장 깊숙이 번져와

국밥과 그녀만 번갈아 쳐다보다

끝내 먹지 못하고 식당을 나왔어요

한동안 그녀의 뒷모습만 떠올랐지요

제2부

세온도(歲溫圖)를 그리다

추사(秋史)가 유배지 탐라에서 세한도(歲寒圖)를 그렸을 무렵, 난 필리핀 루손섬*에서 세온도(歲溫圖)를 그렸다 세한도의 소나무 대신 열매가 주렁주렁 달린 망고나무와 파파야나무 그려넣고 초가 대신 바파이쿠보*를 그려넣었다 그가 세찬 바람과 눈 내리는 탐라에서 독한 술을 마실 때, 나는 바닷가 카페에서 차가운 맥주를 마셨다 추사가 그림의 소나무처럼 변치 않는 기개를 바랐으나, 난 열매 맺어 가난한 나라의 사람에게 주는 나무들의 풍요로움을 간절히 원했다

추사와 난 따로 기나긴 겨울과 여름을 지내며 고독했다 그랬다, 언제 어디서나 유배자여서 고독했다 살아가며 가슴에 섬 하나씩 품고 있는 거였다 때로 나를 고립시키는 섬은 모든 인류가 더불어 사는 곳이 되기도 했다 나는 잘사는 나라를 처절하게 원하고 추사는 따뜻한 나라를 목숨보다 원했던가

추사는 세한도를 그리며 가슴속엔 세온도를 그리고 있었다

* 루손섬 : 필리핀 수도 마닐라가 위치한 섬이다.
* 바파이쿠보 : 필리핀의 전통 가옥이다.

콜로세움에 지구를 집어넣다

유적의 낱말이 쌓여 있는 원형 경기장,
검투사는 환생해 욕망의 깃대를 올렸고
맹수는 사람으로 환생해 사진을 찍었다
로마 시민은 제국의 역사를 위해 박수 치며
그들의 기일을 축하했다

저승에서는 콜로세움을 지은 황제와
격투기 폐지를 명한 황제가
검투사와 맹수를 대신해 싸웠다
후손들은 그걸 영화로 만들어 제국의 역사를
세상에 알려 칭송 받기를 원했다

경기장은 제 몸을 갉아 바람에게 주었다
바람도 그걸 받아 후손에게 넘겼으며
후손들은 그걸 먹고 세차게 불어댔다
경기장 안에선 바람들도
검투사와 맹수를 대신해 싸웠다

나 같은 동양인들은 그저 감탄하며

연신 셔터를 눌러대고

벽돌마다 피 묻은 인부의 신음도 녹음해

심장 깊숙이 둥그런 지구를 집어넣었다

겨울, 숲으로의 여행

도시의 겨울나무가 울어댔다
도시도 그걸 따라서 울었다
나목들의 인내로 내린 눈이
죽음처럼 나무를 감싸 안았다
나는 그 하얀 시간 속을 걸었다

들어가 편하게 누울 수 있고
먼저 죽은 이들을 만날 수 있는
숲 속의 빈방을 찾았다
빈방엔 바람과 세월이 술을 마셨고
나무들은 표정 없이 그걸 쳐다보았다

죽은 아버지는 빈방에서 나와 반겼으며
일부러 나를 만나러 왔다고 했다
당신은 나에게 술을 따라주며
당신처럼 무능하게 살지 말라 일렀다
술도 줄이고 노름은 절대로 하지 말며
여자는 아내 하나만을 사랑하라 이르고

다시 저세상으로 돌아갔다

빈방을 나오자 다시 눈이 내렸으며
내 아이들이 깨끗해진 샛강을 향해
눈을 뭉쳐 던지고 있다

Sleepness에서 놀다

그 편의점 이름은 Sleepness이며 종일 문을 열었다
작은 마을엔 필리핀인, 인도인, 한국인이 살았고
Sleepness는 마을의 유일한 편의점이다
Sleepness는 잠이 오지 않는 손님을 맞기 위해선
잠을 자서는 안 되었다

새벽에 Sleepness 앞, 간이 테이블에 피부가 검은 사람,
흰 사람, 황색인 사람, 그들의 혼혈인 사람들이 앉아
눈웃음으로 인사하고 대화를 하곤 했다

몇은 시간도 사려 편의점으로 오기도 했고
몇은 식사를 위해 편의점에 오기도 하는데
가장 쉽게 식사할 수 있는 곳이 Sleepness다
잠이 오지 않는데 식사를 한다는 것은
인류의 참 가혹한 본능이다

잠에 드는 것은 곧 죽음이다

잠에 빠진 사람은 이미 지구인이 아닌

제 고향인 다른 별의 사람이 되는 것,

잠이 오지 않는 사람은 Sleepness에 가보라

그곳에선 시간이 멈추어 있다

봄이 떠나가신다

성산패총에선 모든 시간이 멈췄다
내가 패총 안에 들어가자 심장이 멈췄다
심장이 멈추기는 노인들도 마찬가지다
노인들은 패총 안 고인돌을 보며
땅속에 묻힐 날을 떠올리기고 했고
청동기인은 조개 껍질이라도 남겼는데
자신은 무엇을 후세에게 남길 것인가를
조용히 셈해 보기도 했다

패총을 다 구경한 일행은 봄꽃 앞에
자리를 깔고 술판을 벌였다
봄날이 조용히 떠남이 아쉬운지
봄꽃 같았던 시절 떠올리며 축제를 벌였다
노인들은 흘러간 유행가도 불렀는데
그 노래는 조개 무덤에 묻히고
조개들은 그 노래 되받아 하늘로 올렸다
먼 훗날 음표는 구름으로 떠다니다가

후세들에게 비로 내릴 거다

비로 내려 땅을 적시고 꽃나무들을 적셔
세상의 모든 꽃들을 피워낼 거다
그대 비 내리면 똑똑히 보아야 한다
죽은 할아버지의 눈물이 강에 흘러가
바다로 어떻게 흘러감을 보아야 한다

밀림 속을 달리다

밀림 속에 난 도로를 따라 달렸다
백 척이 넘는 나무가 빽빽한 밀림 속에
원숭이들이 가로질러 다니는 그곳을
아킬레우스처럼 달렸다
나무들은 일 년 내내 햇볕과 비를 맞아
낙엽을 만들 겨를도 없이 쑥쑥 자랐다
태양의 사랑을 가장 많이 받는 나무들은
태양의 직계 자손이다

자동차들은 검은 연기를 내뿜으며 달리고
나는 부자들 소유의 별장마을을 지나고
다국적 택배업체 소유의 공항을 지나
해변에 난 길을 달렸다
더운 바람이 남반구 바다에서 불어와
더 많은 땀을 내는 이국의 바닷길에서
우주의 생성 후 제우스 신만이 달려온
그 길을 일개의 사람이 달렸다
우주에 난 길 위를 내가 달렸다

새꽃

겨울, 주남저수지 안 나무에 꽃 피었다
북녘에서 온 철새들 가지에 앉은 거다
새가 머무는 동안 저수지 안의 나무는
제 이름을 버리고 새나무라 불렸다
나무에 앉은 새는 새꽃이라 불렸다

새나무는 새꽃 떨어진 봄부터 가을까지
원래 이름의 제 몸 가지에 새순을 내고
자식 같은 제 꽃을 피우다
늦가을 철새가 오기 전 눈물을 머금고
꽃과 나뭇잎을 털어냈다

찬바람 맞으며 오는 철새 위해
바람에 온몸을 세차게 비벼대
따뜻하게 데워놓고 철새를 맞았다
철새는 제 어미 품속 같은 새나무를
북녘에서 언제나 그리워했던 거다

초봄

1

초봄에 산에 올랐다
산 중턱의 다랑논 안에 올챙이들이
꼬리 흔들며 햇살 속으로 들어갔다
거기서 타거나 녹지 않고
태양을 우주 밖으로 내던질 수 있는
거대한 힘으로 들어가 살다가
우주 바깥으로 팔, 다리 내보내고
펄쩍펄쩍 뛰어다녔다
지구를 들었다 놓았다 했다

2

등산로 옆 묘지 위에 제비꽃 피었다
살아서 제비처럼 좋은 소식 전하지 못한
어느 망자가 죽어서 제비꽃으로 피었다
망자가 사랑했던 것들은 나비가 되어
제비꽃 주위를 맴돌았다
나비 위에 흐르던 아기 구름도

죽은 제 어미 구름을 땅속에 묻고
어미 구름의 신장을 떼어 나비에게 주었다

제비꽃과 구름은 햇볕에 진압되지 않으려
해와 격렬히 투석전을 벌였다

장미와의 전쟁

장미꽃들 아파트 담장을 에워싸
성을 쌓고 감옥을 만들고 있다
가시를 키워 보초 세우고
향기가 밖에 새어나가지 않도록
철조망까지 두른 장미의 제국,
제국에서는 오월에 축제를 열어
매일 술판을 벌이고
감옥엔 제국의 독재에 항거하다
붙잡힌 잡초들만 늘어갔다

언제나 끝내 진실은 밝혀지는 것,
아파트 안에 머물던 봄바람이
장미의 독재를 담장 밖에 알려
이름 없는 풀꽃들이 담장에 돌 던졌다
감옥에 갇혀 있던 잡초들이 탈옥하여
장미와 전쟁을 시작했다

전쟁은 오월 내내 계속되었으며

싸움에 단련된 뜨거워진 바람과
무성해진 풀들이 휘두르는 칼날에
제국은 마침내 허물어졌다

귀신들, 귀신들

크라운픽(Crown peak)*엔 이십 년 전까지 많은 미군이 주둔했었다 부대 근처엔 큰 병원 있었으며 영안실도 있었다 미군이 철수하고 건물이 허물어진 후 마을엔 밤에 귀신이 자주 나타난다는 소문이 퍼졌다 마을 사람들 중엔 귀신을 보았다는 이가 많았다 휴일 낮 나는 귀신이 들락거린다는 오래된 우물 주위를 서성거렸다 아무리 보아도 귀신을 볼 수 없고 원숭이들만 먹을 것 찾아 주위를 어슬렁거렸다

그날 밤 잠 속에서 누군가 내 목을 졸랐다 나는 완강히 저항했으며 무언가 큰 소리로 외치다 깨었다 아침에 일어나 회사에 출근하여 이국 귀신들에게 작업을 지시하고 귀신들과 밥을 먹고 회의를 했다 밤에는 고국의 가족을 생각하다 잠들었는데, 꿈에 십 년 전 돌아가신 아버지가 나타났다 아버지는 생전같이 논밭에서 일하고 어머니와 다투기도 했다 나에겐 다시는 귀신 사는 곳엔 가지 말라며 간절하게 일렀다

* 필리핀 올랑가포시에 있는 마을 이름이다.

겨울, 포은에게

지금 선죽교엔 눈이 많이 내리겠지요 이방원의 손에 목숨 꺼져갈 때도 지금처럼 매서운 바람 불었던가요 당신의 대나무는 끝내 꺾이지 않아 후손들은 지금도 당신을 생각하며 그곳에 오겠지요 난 필리핀 어느 도시에서 당신에게 편지를 쓰고 있는데요, 여기서도 대나무가 자라고 있지요 추위가 없고 더운 날씨에 비가 자주 내려 우후죽순 자라는 대나무 밀림에 가곤 하지요

때때로 저승에서도 대나무를 키우고 있을 고려의 당신이 그립습니다 겨울의 세찬 바람에 흔들려 더욱 절개가 깊어지고 눈이 내리면 맑은 정기 받아 세상을 맑게 하는 혜안, 아직도 고려의 부흥을 꿈꾸며 사는 육백 년 동안의 푸른 일기장을 훔쳐보고 싶습니다

창밖에 동백꽃 피다

동백꽃이 중학생인 딸애 방 창밖에 피었네요
몇 송이는 떨어져 초경을 시작한 딸애의
그것과 같이 땅을 붉게 물들이는데요
아파트 화단에서 짐승같이 우우 울며
매일 붉은 글씨로 연서를 쓰고 있는데요

정작 딸애는 동백꽃이 피는 것과 지는 것에는
별로 개의치 않고 지내는 것 같네요
봄이 오자 딸애는 입시 준비를 시작했지요
아침 일찍 등교해 저녁 늦게서야 돌아와
봄꽃 볼 겨를도 없을 테지요

딸애는 소위 상위권 대학의 입학에 유리한
외고나 특목고 가려 공부하고 있는데요
소위 명문 대학이 아니면 대학을 졸업해도
비정규직이나 계약직으로 일할 수밖에 없음을
딸애는 어린 나이에 벌써 알아차린 거지요

비정규직이나 계약직을 만든 관리와 기업주들은

온갖 혜택과 기득권 누리며 살고 있는데요,
많은 사람들은 대기업 정규직원이나
정년이 보장되는 공무원과 교사가 되기 위해
유년부터 공부하느라 고생하는 것이지요

어느 늦은 봄밤, 달빛은 붉게 동백꽃을 비추고
동백꽃은 공부하는 딸을 바라보고만 있네요
꽃송이 몇은 관심 주지 않는 딸애를 원망했지만
많은 꽃송이들은 딸애의 관심을 기다리다
떨어져 썩어 없어질 때까지 연서를 쓰고 있네요

안드로메다에서 전해온 통신

작가 모임에서 시인의 부고 알리는 문자가 왔다
시인은 예전엔 노동운동을 치열하게 했으며
직장에서 해고된 후엔 공공근로자로 밥벌이하며
작품 활동에 몰두해 몇 권의 시집도 냈다
다만 술을 너무 마셔 건강이 좋지 않았는데
가족과 떨어져 혼자 시골에서 지내다가 죽었다

부고를 받고 얼마 후 별에 도착했을 그에게
별에서의 생활과 근황을 묻는 휴대폰 문자를 보냈다
며칠 후 시인이 답장을 보내왔다
시인은 죽은 후 지구에 오기 전 고향인
안드로메다 어느 별에 도착해 살고 있다고 했다
그곳은 악덕 자본가나 독재자와 싸울 일 없으며
술을 많이 마셔도 아프지 않으며
모든 이들이 풍족하고 평화롭게 지낸다고 했다

전쟁이 없어 군대와 경찰도 필요 없으며
배가 고파 죽을 일도 없으며

온 강산에는 꽃이 가득 피어

매일 꽃구경 다닌다 했다 다만 한 번씩

지구의 처자식 떠올리며 운다고 했다

그곳에서도 여전히 시를 쓰고 있으며

시인들 모임에 가입해 정을 나눈다고 했다

너무 지겨워지면 지구에 다시 오겠다고 했다

지리산 고사목 지대에서

주검들이 만든 구름은 하늘에 걸려 있고
디지털시계를 찬 등산객들이 산에 올랐다
사람들은 이념을 위해 죽은 영혼의 숲을
일상의 무거운 짐을 지고 올랐다
길가의 풀들은 바람에 흔들리며
여전히 의문의 역사를 해독하고 있었다

수많은 암호들이 골짜기에 쌓여 있고
바람은 그것들을 하나씩 찾아내
등산객들의 휴대폰에 넣어주었다
사람들은 일상의 짐을 하나씩 내리며
저마다 고립의 섬을 만들었다

문득 등산객들의 휴대폰에서 일제히
울리는 거대한 수신음,
그 소리가 산을 흔들었다 그 후
고사목 뿌리에 수맥이 다시 살아났다
사람들의 섬에선 수만 개의 산들이

자유롭게 생겼다가 사라지기도 했다

그 섬에서 영혼들은 안개와 뛰어놀았고
등산객들은 영혼들에게 전화했다

봉황동*에서 목선이 출토되다

가야시대에 사용되던 목선이 출토되었다
이천 년 전의 혼이 함께 살아 나왔다
수로왕비도 아유타국에서 목선 타고 왔다
가야인들은 나무를 다듬고 노를 달아
왜와 한나라, 낙랑군을 오갔다

그 배를 만들던 억센 손을 물려받아
후손들은 거북선과 철선을 만들어
지금은 세계 최고의 조선국가가 되어
세상의 모든 꿈을 실어 나르고 있다

배는 창조자가 빚어놓은 바다에서
떠다니는 섬 붙잡아 세워
고독을 더욱 고독하게 만들고 있다
보라 배가 바다의 심장을 더욱 푸르게 만들어
지구의 혈관을 더욱 붉게 하고
뭍의 수맥과 바다를 잇고 있지 않은가

* 경남 김해시에 있는 행정구역이다.

제3부

모텔에서의 첫 경험

강가 모텔에서 무슨 일 있었는지 몰랐다 다만 잠결에 강물
흐르는 소린지 사랑의 흔적인지 신음소리 들었을 뿐이다 강
물 뒤척일 때마다 화장실의 물 내려가는 소리도 들렸다 주차
장엔 낮에 젊은 남녀가 타고 온 자동차가 졸고 있고 달이 떠
있다 내가 방 너머의 소리에 계속 귀 기울이자 내 몸을 따라
물결 흐르고 모텔 화단엔 국화가 피어올랐다 첫 경험의 피가
젊은 연인의 이불을 빨갛게 적셨지만 강은 살짝 새 이불을
넣어주었다 나도 내 몸 위에 새 이불 덮고 윈드서핑 하듯 꿈
속으로 들어갔다 물결의 호흡에 맞춰 벌겋게 변한 강물 위를
벌거벗고 환호성 지르며 떠내려가 바다에 도착했다 강물은
내 방까지 흘러와 나를 죽음의 세계로 인도했다 그것은 즐거
운 첫 경험이었다

수빅영화관[*] 앞에서

수빅영화관 밖에서 서성거렸다
영화관 안으로 들어간다는 건
한 생을 그대로 묵인하는 것,
끝까지 생을 묵인하지 않으려
오지 않을 사람 기다리다가
수억 년 동안 살아온 바람을 만났다

바람은 내가 죽거나 영화관이 사라져도
또 누군가의 입술에 키스하며
은밀하게 사랑을 나눌 것이었다
당대의 사람들이 죽어도 그 후손들과 사랑하며
그들을 영화관 안으로 등 떠밀 거다

끝내 바람으로 사라질 필리핀인들 몇이
사랑을 마음에 품고 안으로 들어갔다
몇은 밖에서 누군가를 계속 기다렸다
영화관 안에서 해골들이 서로 손잡고
구름 되어 사라질 영화를 보다가 사라졌고

바람은 내 등도 세차게 밀었다

내가 밀려들어 간 곳은 알타미라동굴,
동굴 안에서 지금까지 벽화를 그려왔던
해골들과 인사하고 함께 벽화를 그렸다
내가 그린 벽화를 바람이 지우면
해골이 되어 저승을 떠돌다 되살아나
다시 그리기를 되풀이했다
내가 벽화를 그리는 동안
수천 년 된 박쥐들은 수없이 날아다녔고

* 필리핀 수빅시에 있는 영화관 이름이다.

해반천*을 따라 달렸다

김해시내 해반천을 따라 난 길을 달렸다
가야시대엔 뱃길로 쓰이던 하천이
수로는 좁아지고 하천의 양 끝에
길이 만들어져 사람들이 거닐고 있다

달리다 보면 수로왕비가 무덤을 나와
후덕한 미소를 지으며 손을 흔들었다
박물관에선 가야 사람들이 살아나와
밭을 갈고 생선을 잡느라 분주했다

한 무리의 무장한 군사들이 먼지를 날리며
어디론가 달려가고 있었으며
대성동에선 장례를 치르던 사람들을 만났는데
무덤에 주인의 주검을 안치하고
토기와 농기구, 몸종도 순장했다

수로왕도 무덤을 나와 신하들을 데리고
야철장과 저작거리를 돌며 백성들을 돌보았다

봉황대*에선 황세와 여의*가 사랑을 나눴으며
왜와 한나라, 낙랑군으로 오가는 배들과
조개와 고기 잡는 사람들로 북적였다

해반천을 따라 경전철이 오갔다
가야인들은 경전철이 내는 소음이 싫지만
무덤에서 후세를 위해 참고 있으며
달리는 내 다리에 한껏 힘을 넣어주었다

* 해반천 : 김해시내를 가로지르는 하천이다.
* 봉황대 : 김해시 봉항동에서 1~4세기경 철기시대인 가야의 유적이 다량
　발굴된 지역이다.
* 황세와 여의 : 가락국 숙왕 때 황세는 황정승의 아들이며, 여의는 출정승
　의 딸이었다. 황정승과 출정승은 친구 사이로 자식을 낳기 전 각기 아들
　과 딸을 낳으면 결혼을 시키기로 하였으나, 황정승의 가세가 기울자 출
　정승은 딸을 낳고도 아들이라고 속였다. 우여곡절 끝에 여의가 여자임
　을 밝혀 둘은 봉황대에서 사랑을 나누고 약혼하였다는 전설이 있다.

전설의 고향

요즘은 십 년 전의 일도 전설이 된다
아기귀신이 처녀귀신이 어른귀신이 나오던
전설은 고향을 잃은 지 오래다
고향엔 초가 대신 아파트가 서 있다
깊은 산 숲 속이나 개울이 아닌
공원의 가로수나 분수가 고향 풍경이다

전설은 해를 지날수록 변한다
저승사자는 아이들의 선생이 되고
죽은 아버지는 휴대폰에 문자를 보낸다
아이는 놀이동산에서 놀고 있고
아내는 전설 속에서 바가지를 긁는다
어머니는 아이들의 그네를 민다

전설 속의 나는 희망이 가득해
죽은 시인에게 이메일로 안부를 묻고
한 번쯤 귀신이 있을 거라 믿기도 한다
십 년 후 만들어질 전설을 걱정하며
운명의 살점을 파먹는다

탭판공원*에서

공원 안 오래된 나무들이 서로 손잡고
사람들을 불러 쉬게 하고 바람을 붙잡았다
사람들의 안녕을 위해 항상 기도했고
맞은편 오래된 교회는 그걸 지켜보았다

휴일에 교회에서 사람들이 예배를 보았다
교회가 좁아 몇은 밖의 나무 아래로 가
나무들과 같이 예배를 보았다
제 안에 음각된 성경을 읽고 성가를 불렀다
성경책은 낡고 너덜거렸으나 상관 안 했다

휴일이면 소풍을 오는 고아원의 아이들에게
그늘을 만들어주었고 푸른 빛 한 줌씩을 먹여주었다
밤이면 가난한 연인들에게 벤치를 내어주었다
연인들은 어둠의 침실에서 사랑을 나누었으며
나무에게 사랑 노래 불러주었다
나무는 그 노래 들으며 몸에서 꽃 피워내곤 했다

* 필리핀 수빅시 자유무역지구 내부에 있는 공원이다.

버섯 농장에 가다

문인들이 야유회 마치고 돌아오는 길에
그냥 구경이나 하려 버섯농장에 갔다
나무에 종균을 넣고 물을 적당히 주면
버섯이 나무의 자궁을 뚫고 나왔다
나오는 소리가 농장을 뒤흔들었다
노산이었다

일행 중 한 여성 시인의 얼굴에도
버섯이 자라고 있었다
시인은 언제나 좋은 시를 적으려
밤마다 난고를 치르는 나무였다
폐경 직전 자식을 노산하듯 언제나
대작을 세상에 내놓을 꿈을 꾸었다

그 꿈이 쌓여 머리는 하얗게 변했고
얼굴엔 늘어난 대작 수만큼 검버섯 늘었다
버섯 덕에 피부가 고와졌다는
젊은 주인의 상품 설명을 듣고

바로 그걸 샀지만 그때뿐이었다

늙은 여성 시인은 또 밤마다
버섯을, 아이를 난산하고 있었다

가을, 호박꽃

자식들 대처에 보내고 폐경도 됐으나

노모의 똥을 받아내는 늙은 며느리,

남편의 제사상에 호박떡 올리려고

남편의 묘지 앞에 열린 호박을 땄다

줄기엔 저승길 밝히는 조등 가득하고

얼굴은 못생겼지만 도시의 텃밭에

봄이면 호박씨를 뿌리고 거름을 주는 며느리,

시할머니 똥을 받아내는 시어머니에게

매월 생활비를 꼬박꼬박 보내는 새댁의

뱃속에는 호박이 넝쿨째 열려 있었다

수로왕비릉* 앞에서 물을 긷다

　수로왕비릉 앞 약수터에 사람들 가득했다 허황옥은 아유 타국에서 가야국에 도착해 먼 여정에서의 목마름에 약수터를 만들었다 살아 있는 동안 백성들을 위해 약수를 주고 죽어서도 후손들을 위해 무덤에서 약수를 만들어 올려줬다 사람들은 젖 먹던 시절을 떠올리며 생수통에 물을 받았다

　어느 깊은 밤, 난 무덤 속이 무척 궁금해 무덤에 들어갔다 들어가 약수를 만드는 수로왕비와 가야의 인부들 만났다 그들과 인사하고 약수 만드는 공정을 지켜보았다 왕비는 나를 능 앞 노래연습장으로 인도했으며 약수로 술을 빚어주었다 노래연습장엔 왕비의 딸들도 모여 가야금 연주곡에 맞춰 노래했다 왕비는 가수를 꿈꾸며 밤마다 노래 연습을 해왔다고 했다

　수로왕비가 백 오십 세까지 살았던 건 약수와, 약수로 빚은 술을 마시고 매일 밤 달을 보며 노래를 불러서였던 것이다

　* 경남 김해시에 위치한다.

봄의 대공연장

도시의 해안에 난 도로가의 공원에
작은 공연장이 있다 초봄 오후
그곳에 트럼펫을 맨 한 노인과
아코디언을 맨 다른 한 노인이
흘러간 옛 유행가를 연이어 연주했다
둘은 악보와 연주곡 순서가 없어도
서로 표정을 보며 화음을 잘 맞추었다

젊은이들은 운동경기나 휴식을 즐기다
연주소리에 한 번쯤 눈길을 주거나
먼발치서 그곳을 바라볼 뿐
바람과 파도만 객석을 가득 채웠다

바람은 노래 한 곡씩이 끝날 때마다
지나온 시절을 떠올리며 흐느꼈고
노래에 맞춰 벚나무며 철쭉은
연신 꽃을 펑펑 피워댔다

파도는 음악소리에 맞춰 뭍을 때려 생긴
푸른 흔적을 공원에 던져주었다

바람은 노인들의 연주 끝날 때마다
꽃을 꺾어 그들에게 안겨주었다

성탄절, 적도에 눈 내리면

지구 생성 후 처음으로 적도 지방에 눈이 왔다
망고나무와 야자수 나무에도 꽃들 위에도
겨울에 벼가 자라는 논에도 눈이 내렸다
사람들은 갑작스런 눈에 어쩔 줄 몰라 했으며
간밤에 내린 눈으로 수많은 사람이 죽었다
거리엔 시체가 온 곳곳에 쌓여 난리다
완전한 생지옥이다

크리스마스고 뭐고 다 끝장이었다
겨울에도 벼와 모든 과일이 자라났으나
한 번의 눈으로 식량들이 모두 사라졌다
대부분 큰 블록으로 집을 지어 보온이 안 돼
사람들은 집 안에서 이불을 뒤집어쓰고
거리에는 아무도 나가지 않았다

다만 몇 명의 아이들만이 옷을 두껍게 입고
눈이 신기한 듯 뭉쳐보고 눈싸움도 했다
사람들은 크리스마스에 특별히 시험에 들게 한

하나님에 대해 경의를 표했다
온 거리에 걸어두었던 장식을 떼어내고
다시는 눈 오는 성탄절을 원하지 않았다

성탄절 후 다시 눈은 내리지 않았으며
얼마 후 사람들은 거리로 나와
아무 일 없었다는 듯 야시장과 해변을
연인과 손잡고 걸었다

겨울, 수빅만에서

지금쯤이면 찬바람이 북방에서 불어오고
내 몸과 생각은 겨울 바다 그리워
무작정 열차에 올라 술 마실 때,
겨울 바다를 본다는 생각만으로도 가슴이
아련히 저미던 일들 떠올랐다

멀리 적도의 나라에서 해변을 걸었다
더운 바람 북반구에서 불어오고
연인들은 더위에도 서로 살 부비고 있다
내 몸에선 겨울의 모든 것 빠져나갔다
처절하게 가슴 아팠던 생각들과
아픔으로 인해 깊어지던 사랑과
추운 바람에 여미던 그리움,
파도에 실어 보낸 삶과 죽음의 그것들이
바다에 뛰어들어 해수욕을 했다
아프지도 처절하지도 않은 이곳에
난 그것들 잠시 여행을 보냈다

사십 년 넘게 지녔던 모든 괴로움들

더운 바람에 실려 하늘로 올랐다

주말농장이 사라졌다

　로봇 태권브이가 다녀갔던 거다 몇 평 주말농장을 그가 거대한 삽으로 흙을 덮어 명왕성으로 보내버렸다 상추와 배추가 사장되어버렸다 자본주의란 원래 두 얼굴을 가진 로봇이다 자본은 힘이 세질수록 식물과 사람을 지구 밖으로 내던졌다 어렸을 적 보았던 착한 태권브이는 피도 눈물도 없는 사람들 꾀에 넘어가 나도 들어올려 사정없이 명왕성에 내던졌다

　명왕성에 가 삽으로 땅을 파자 지구에서 내던져져 묻혀 있던 블랙홀과 타임머신과 귀신들이 솟아올랐다 태양은 내게 지구를 정복할 수 있는 힘을 주었다 나는 타임머신을 타고 지구로 돌아와 로봇 태권브이를 처단하고 자본주의 신봉자들을 우주 밖으로 추방했다 몇만 년 전으로 돌아간 인류는 다시 빗살무늬토기를 만들기 시작했고 나를 신으로 받들며 제사도 지냈다 그때부터 나는 지구의 새로운 지배자가 되었다

조화(造花)를 말하다

국도 옆 어느 묘지에 조화가 놓여 있어요
자동차들이 경적 울리고 먼지 흩날렸지만
조화는 변함없이 망자를 지키고 있어요
근처 바다에서 불어오는 바람은
그의 볼을 살짝 만지며 장난 걸어도
아무런 답이 없자 묘지를 떠났지요

겨울바람은 더욱 세차게 불어오고
수없이 눈 내리고
겨울비도 내려 흠뻑 젖어도
조화는 흔들림 없이 묘지를 지켰어요

묘지 안 주검은 조화의 변치 않는 정성에
끝내 그의 향기를 받아들이고야 말았는데요

빠르게 달리기만 하는 차들 바라보며
천천히 저승과 이승을 오가는 묘비명,
그의 향기가 저녁밥 짓는 굴뚝 연기처럼
하늘로 오르고 있어요

다호리*에서 밭을 일구다

벚꽃이며 진달래가 핀 다호리에서
이천 년 전의 사람들이 무덤을 나와
밭을 일구고 씨 뿌렸다
노인들은 산에서 진달래를 따
술을 담갔으며 손자들을 돌봤다

대장장이는 청동 검을 만들었으며
농사에 쓸 삽과 괭이를 만들었다
여자들은 머리에 진달래 꽂은 채
아이에게 젖 먹이고 밥을 지었다

지배자는 철검 차고 부하들과
낙동강과 마산만을 시찰하며
배로 드나드는 중국인과 낙랑인을
보살피고 객주를 마련해 주었다
지배자의 아버지 널무덤엔 철검이며
청동검, 부채, 거울, 붓을 넣었다

이천 년 전의 사람들이 환생하여 그 땅에

주말농장을 일구어 밭을 갈았다

아이들은 휴대폰으로 다호리의 모든 것을

검색하고 사진을 찍어 저세상에 내보냈다

다호리엔 고분이 있고 주말농장이 있다

* 경남 창원시 동읍에 있는 마을 이름. 1980년 이후 선사시대 유물이 대량

  발굴되고 있다.

죽음 또는 영상

모두 떠났다

내가 사랑했던 사람들의 노래는 끝났다

좋아했던 가수는 스스로 죽었고

조금은 위안이 됐던 정치 지도자도 스스로 죽었고

절친했던 노동시인 형은 술병으로 죽었다

지금 남은 것은 그들이 남겨놓은 영상뿐이다

가수는 노래공연 장면과

정치 지도자는 청와대에서의 집무 장면을

노동시인은 시낭송 장면을 남겨놓았다

난 조시(弔詩) 몇 편으로 그들의 죽음을 애도했으며

가끔씩 그들의 영상을 보며 흐느꼈다

그들이 남긴 노래를 하며 살아 있음에 안도했고

죽어 고인돌이 된 그들의 몸 위에

일상의 욕심으로 만든 내 육체의 돌을 얹었다

추억이 깊으면 은하수가 될까?

내 추억의 힘이 우주에 흩어진 그들 별에

도착해 그들을 만날 날은 언제인지

내 사랑이 완성되는 그날들*, 그날들인지

그날들은 별들을 만나러 떠나는 날이다

* 고 김광석 가수의 노래 제목인 〈그날들〉을 인용하였다.

제4부

섬진강가에서 길을 잃다

하동 섬진강가에서 열린 문학행사에서
시와 노래를 듣다가 강가를 걸었다
강에 2000년대에 제조된 술병이 떠다니고
물속에 사는 원혼들 몇이 뒤척이는
소리, 소리가 물보라를 일으켰다

시인들 몇은 술 마신 후 노래를 불렀다
그 노랫소리가 섬진강을 떠나 지리산의
원혼들에게 전해지자 비가 내렸다
다른 시인들 몇은 씻김굿 공연을 보며
원혼들을 달래고 메모지에 무언가를 적었다
다시는 사람이 이념 위해
죽는 일이 절대 없길 간절히 기도했다

강 건너 하동 사람들과 말투가 다른
마을의 전등이 하나둘씩 꺼져갔다
장맛비가 간간히 내리는 강엔
이념을 위해 죽은 이들의 눈물이 떠내려왔다

에펠탑에 오르다

견고한 뼈들을 이어 붙여 에펠탑을 이뤘다
뼈들 사이로 바람이 쉼 없이 드나들고
수많은 해골들이 오르내리고 있다
노인들은 마음속 평생 쌓아왔던 탑을
그곳에서 완성하고 싶어 했으며
탑 완성 후 죽어 자신의 뼈를 그곳에
붙이겠다고 신과 약속하였다

노인과 함께 온 아이는 앞으로 수차례
더 올라가야 탑을 완성하겠지만
에펠탑은 죽음의 상징으로 서 있다
2차 대전에 히틀러도 파리 함락 후
에펠탑을 배경으로 사진 찍었는데
그의 뼈가 탑 여기저기서 보였다

문득 고향의 절에 있는 탑을 이룬
어머니의 뼈가 떠올랐다
당신은 집안의 큰일 앞두곤 절에 가서

불상 앞에서 먼저 절을 한 후

손을 모으고 탑 주위를 수없이 돌았다

나는 죽어서도 자식 위해 탑을 찾는

어머니의 뼈들을 에펠탑에서 보았다

그래도 빨래는 말라야 한다

필리핀의 우기(雨期)는 수많은 태풍을 만들어
북녘으로 올려 보내고 비를 연신 만들어냈다
휴일에도 비 내리지만 여자들은 빨래를 했다
많은 여자들이 세탁기도 없이
흐르는 강물이나 수돗물로 빨래를 했다

우기에 사람들은 늘 가난에 젖어 있고
여자들은 마르지 않을 빨래를 널었다
빨래는 줄에 매달려 햇볕을 기다렸지만
해는 나오지 않아 젖어만 갔다
사람과 모든 것들이 구름 안에 똬리를 틀었다

구름의 벌레들은 빨래 속에서 번식되었고
무직의 남자들은 웃통 벗고 길에 퍼질러 앉았다
구름만 마르지 않을 물감을 뿌리며
비를 주제로 한 노래를 할 뿐이었다

그렇게 하루도 쉬지 않고 비가 내렸으며

빨래에 대한 걱정은 원시부터 사라졌다

우기엔 체념처럼 빨래는 늘 젖어 있어야 했다

누가 빨래는 말라야 한다 해도 상관 안 했다

노동시의 즐거움

노동자 시인이 많았던 시절은 가고
여러 경향의 시인이 많은 시대이다
노동자 시인들 모임의 행사에 참가해
술과 밥을 얻어먹고 노래방까지 가려
동료 시인의 차에 올랐다

차는 시인이 아끼던 것이었지만
낡고 오래된 거였다
속칭 '기계치'였던 시인을 닮아
문이 잘 열리지도 닫히지도 않았다
문을 열던 연로한 시인이 대뜸
'이 차에 구리스 이빠이 쳐야겠네'
라고 외치자 모두는 웃음을 터뜨렸다

노동운동하던 이들이 시의원이 되고
대기업 노조의 간부가 되기도 했지만
근래에 늘어난 비정규직과 계약직의

임금과 복지를 외치는 이들 보기 어렵다

하지만 변함없이 노동자의 권익을 주장하며
아직도 민중가요를 부르는 시인들 있다

화장실에서 채륜을 만났다

화장실에서 똥 누며 시집을 읽다 무심코
두루마리 화장지를 뜯어 시집에 얹어보니
시집과 화장지 크기가 비슷하더군요
종이와 화장지는 같은 유전자를 갖고 있지요
인류는 기록의 습관이 있어 파피루스에
뭔가를 썼으며 종이와 책을 만들었지요

예전엔 신문지를 화장지로 쓰기도 했지요
그렇게 똥을 누는 일과 책을 읽는 일은
똑같은 본능이라 할 수 있지요
기록의 습관은 기억의 습관과 같은 것,
인류는 습관적으로 종이를 만들었지요

두 가지 일을 다 마치고 나올 즈음
화장실은 벌목한 황무지가 되었어요
나는 파피루스를 만들었던 이집트인들과
종이를 발명한 채륜을 만나서

벌목해 황폐화된 땅들 보여주었지요

채륜은 고개를 끄덕이며 짐을 꾸렸지요
그는 잠수함을 타고 해저를 탐색했으며
우주선을 타고 종이 원료를 찾아 떠났지요

국밥집의 흑백사진

이목구비가 뚜렷하고 잘생긴 청년과
수줍은 미소가 아름다운 처녀가
국밥집 흑백사진 속에서 미소를 지었다
국밥처럼 말랑했던 시절은 지나가고
사납게 지내온 시절은 온데간데없다
사랑은 그렇게 국밥과 같이 흘러왔다

국밥을 만들며 자식을 낳아 키우고
자녀들이 모두 결혼해 분가한 후에도
부부는 여전히 국밥을 팔고 있다
남자는 머리털이 듬성듬성 있고
여자는 허리가 구부정해 불편하지만
손님들에게 언제나 다정히 인사했다

잘 익은 순대와 내장이며 수육처럼
부드럽게 지나가는 세월 뒤로하고
사랑의 흔적을 진하게 우려낸

국물을 만들고 삶은 세월을 넣었다

국밥집에는 삶은 세월이 천천히 지나갔다

다시 고인돌공원에서

다시 찾은 공원엔 고인돌들이 편을 짜
운동 경기하고 있다
관리번호 22단위와 23단위의 고인돌들은
한일월드컵에서 사용 후 박물관으로 간
축구공을 꺼내 차고 있고
24단위와 25단위의 고인돌들은
잘 닦여진 잔디 위에서 야구를 하고 있다

심판은 바람이며 경기는 리그전으로
수천 년 전부터 매일 치러지고 있다
선수들은 비가 내리든지 눈이 내리든지
서로 부딪혀 돌 귀퉁이가 떨어지든지
관중과 후세들 위해 멈추지 않는다

늦가을, 신혼부부 한 쌍이 경기 모습을 보며
고인돌이 된 수많은 전생과 자기들 사이에서
태어날 아이 위해 모두를 응원하고 있다

주변의 들국화는 제 향기 모아 전해주었다

공원에서 수천 년 동안 계속되는 모든 경기는
매일 무승부로 끝나곤 했다

옛 전신전화국에 가다

영도 바닷가 해안을 따라 달렸다
달린다는 것은 시간의 날개 다는 것,
햇살을 다리에 감아 바다에 풀어 던졌다

달리기를 마친 후 봄 햇살에 졸고 있는
옛 전신전화국에 들어갔다
입구엔 오래된 동백나무에 꽃 피었고
낡은 건물 앞엔 수명 다한 전봇대들
노인정의 노인들처럼 늙어갔다

폐경이 얼마 남지 않은 동백나무는
전봇대에게 꽃을 털어 올려주었다
그제야 전봇대는 생기가 돌았고
전화를 섬 전역에 송수신해주던 시절을
추억하며 흰 머리카락을 날렸다

송전탑 주위엔 주민들이 텃밭 만들어
밭을 갈아 채소를 길렀다

옛 전신전화국은 심장이며 허파마저

사람들에게 내어주며 동백나무와 함께

천천히 늙어갔다

사랑이 사라졌다

사랑니에 심한 통증이 생겨 뽑았다
사랑니가 나온 지 얼마 지나지 않아
사랑에 대한 믿음으로 피켓과 돌을 들고
사랑하는 이들과 거리에 나섰으며
사랑하는 여자와 결혼하여
아이들 낳아 키우며 사랑을 주었는데
이젠 줄 사랑이 없어지는 것인가

근래에는 바쁜 직장일과 여러 일로
아내와 아이들과의 대화가 줄어들고
바쁘다는 핑계로 사랑에 대한 믿음을
떠올리지 않는 생을 살고 있다
혹여 내 사랑이 통째로 사라진다면
나는 죽은 거나 마찬가지겠지만
그렇다고 사랑니를 빼낸다 하여
사랑이 사라지지 않음도 현실이다

이를 빼낸 후 혀를 그쪽으로 갖다 대자

허공에 돌 던지는 것 같다

하지만 빼낸 사랑니 자리에 자주 혀를 대어

진했던 사랑을 추억할 것이다

K시인에게

망고가 주렁주렁 달린 망고나무 그늘이 짙습니다
난 그 그늘에 앉아 편지를 쓰고 있습니다
지금 고국의 모든 강산은 온통 눈으로 덮였고
나무들은 앙상하고 소나무만 푸르게 서 있겠지요
청년 시절, 우리는 겨울만 되면 무언가에 아파했고
눈 덮인 강가를 걸으며 문학을 얘기했지요

때론 봄이 아득함에 대한 안타까움이며
분단된 나라와 야근에 시달리는 누이들 떠올리며
찬 소주를 새벽까지 마시고 노래하며
원고지의 빈 칸을 밤새도록 채워넣곤 했지요
오지 않을지도 모를 사랑 찾아 걸었으며
사랑이 너무 아파 눈물을 흘리기도 했지요

지금 고국의 들판엔 바람이 가득히 살겠지요
사람들의 마음에도 바람이 살아 겨울엔
허전한 마음이 더 자리하고 있겠지요
또한 고국은 여전히 분단되어 있고

예전의 누이들은 청소 일과 식당에서 일하다
정규직을 외치며 차가운 거리로 나섰다지요

겨울이 없이 여름만 지속되는 적도의 나라에서
따뜻한 일상을 보내는 것도 죄짓는 것 같아
망고나무의 풍성함이나마 바람에 실어 보냅니다
지금도 겨울이 오면 잊지 않고 강을 찾아
원고지에 뭔가 빼곡하게 채워넣고 있을 당신을
이국에서 또렷하게 생각하며 지내겠습니다

꽃과 함께 가을을 지내다

봄엔 꽃이 피고 가을이 되어야만
나뭇잎들 붉어진다고 여기던 관념들이
적도의 나라에서 한순간에 무너졌다
한국에서 자연과 같이한 몸의 감각들이
혼란에 빠져들었다
가을에 집 앞의 한 그루 나무에서는
꽃이 피고 열매 맺고 낙엽이 졌다

내 몸에도 여러 계절이 생겨났다
몸에 징그럽게도 아수라 백작처럼
여러 꽃들 피고 열매 맺었다
고국에 있는 아내는 가을이 되니
가슴 한쪽이 허전하다지만
내 몸 한쪽에서 꽃들 피었다
또 다른 몸 한쪽에선 붉은 아이가
내 자궁을 쑤욱 빠져 나왔다

변하지 않는 삶의 방식은 없다

사랑도 움직인다는 세상에

내 몸은 움직이는 하나의 우주다

버스 정류장을 바라보다

벚꽃축제 열린 도시 지나다가
어느 버스 정류장을 바라보았지요
정류장은 벚꽃 바다에 떠 있는
섬이었어요
그곳엔 중년의 여자와 여자 아이,
할머니와 환한 옷차림의 처녀들이
버스를 기다리고 있었지요
벚꽃은 처녀들을 가장 닮아 있었는데요,
그녀들은 꽃봉오리를 활짝 터트리고
봄을 맞고 있었지요

처녀들은 벚꽃 같았던 세월 지내다가
버스에 올라탄 후 한참 지나서
제 아이를 등에 업은 채
벚꽃 핀 그 정류장에 다시 오겠지요
거기서 벚꽃 같았던 세월을 추억하겠지요

한참 후 홀로 벚나무로 만든 지팡이 들고

그 정류장에서

다시 오지 않을 버스를 기다리며 눈물 흘리겠지요

능산리고분에서 축구 관람을 하다

부여 능산리고분 잔디밭에서 남쪽 리그팀인
백제군과 신라군이 축구 경기를 하고 있다
의자왕은 백제군, 문무왕은 신라군의 감독이다
의자왕 곁 궁녀들은 연신 술을 따르며 춤추었고
문무왕은 리그전 우승의 대업을 이루려고
당나라에서 코치와 용병을 데리고 왔다

그때 북쪽 리그팀인 고구려군은 당나라군과
결전을 벌이고 있어 백제군 주장인 계백은
용병도 구하지 못하고 처자식을 처가로 보낸 후
비장하게 신라군 주장인 김유신과 맞섰다

백제군은 후보도 없이 겨우 다섯 명의 선수만이
강한 정신력으로 경기를 이끌어가
전반전에서 네 골이나 넣어 승기를 잡았다
신라군은 당나라 용병 몇을 더하여
선발 선수와 많은 후보 선수도 가졌으나

전반전에 고전을 면치 못했다

후반전 들어서 신라군은 백제군을 교란하고
수적 우세를 이용하여 백제군 골문을 두드렸다
신라군은 한 골씩 차분하게 골을 넣어
백제군에게 완승을 거뒀다

그동안 감독의 향락과 과소비로 재정 악화와
구단 내 불화가 끊이지 않던 백제구단은
그 경기를 끝으로 해체됐고
감독의 일가만 능산리 고분에 묻혔다

수빅박물관*에서 조선인을 만나다

스페인 군대가 필리핀에 상륙했을 무렵
일본 군대는 조선을 침략하였다
필리핀인들은 이내 패하여 조약을 맺었다
조선은 이순신, 권율 장군과 백성들이
목숨을 걸고 일본 군사와 끝까지 싸웠다
조선의 이순신은 전쟁에서 승승장구했고
스페인 군사는 필리핀인에게 피를 섞었다
조선의 논개는 남강에서 일본군 장수를
품고 뛰어내려 절개를 지켰다

태평양전쟁에서 한국인은 일본군과 싸웠고
필리핀인은 미국과 함께 일본군과 싸웠다
전쟁 중 수만 명의 희생이 있어서야
한국과 필리핀은 식민지에서 해방이 되었다
해방이 되어서도 두 나라 사람들은
독재의 칼날에 소리 죽여 살다가 끝내는
광주와 마닐라에서 독재를 무너뜨렸다

제국주의에 희생당하고 독재에 억압받다가

신자유주의란 이름으로 고달프게 사는 지금도

한국은 여전히 두 쪽으로 갈라져 있고

필리핀은 여전히 경제난에 허덕이고 있다

* 필리핀 수빅시에 있는 박물관이다.

요양이라는 말

어머니의 병세는 급속히 나빠졌다
많은 고통을 호소하고 잠을 이루지 못했다
형제는 상의해 요양병원에 모시기로 했는데
요양이라는 낱말을 싫어했던 청년이 있었다
그땐 일부 특권층만이 하는 행위라 여겼으며
그들을 타도 대상으로 정해 놓았었다

세월이 흘러 어머니도 갈 수 있게 되었는데
입원 전 당신은 자식에게 부담주지 않으려
평생 간직해 온 통장과 집문서를 내놓았으며
장롱 위에 당신의 영정사진과 상복을
보관해 두었다며 일러주었다

말 그대로 당신이 잠시 요양을 즐기다
다시 집으로 돌아오길 바랐다
형제는 돈을 모아 병원비를 내고
당신이 퇴원하면 가족여행을 가기로 했다

요양이라는 말에게 문득 미안해졌다

열대의 '바람'과 동행한 시

고명철

　정선호 시인의 이번 시집은 '바람'과 동행한다. 그 어디에도 구속되지 않고 절로 흘러가는 '바람'의 생래는 때로는 유연하게 때로는 모질게 때로는 포근하게 때로는 강퍅하게 모든 존재들과 동행한다. 정선호는 '바람'을 통해 세계를 감각하며 '바람'을 통해 세계를 인식한다. 말하자면, 정선호에게 '바람'은 세계이며, 세계는 '바람'이다. 여기서, 우리가 주목해야 할 것은 그의 '바람'은 한반도를 기점으로 하여 불어대는 그것이 아니라 지구의 "남반구 바다에서 불어와/더 많은 땀을 내는 이국의 바닷길에서"(「밀림 속을 달리다」) 감각하는 그것이다. 좀 더 구체적으로 말해 남태평양의 '바람'과 시인은 동행한다.

그야말로 태풍 전야다
남태평양 바다는 여름이면 많은 태풍을 만들어
중국과 일본으로, 한국에도 보내곤 하는데
태풍이 오기 전날은 활시위를 당긴 궁사처럼
모든 것이 팽팽한 긴장을 하고 무언가를
무너뜨릴 준비를 하고 있다

태풍 오기 전날엔 내 마음도 서서히
그동안 모아두었던 긴장감을 한 곳으로 모아
강한 바람과 비를 만들고 회오리를 만든 후
고국의 어머니와 가족, 채소와 가축에게 보냈다

내 마음의 태풍은 고국을 돌아 소멸되지 않고
우주를 향하게 되었는데 먼저 달에 도착했다
달에 도착한 태풍은 계수나무가 있는 마을을
한 바퀴 돌아 달에 처음으로 비를 내리게 하자
토끼들은 신이 나 온 대지를 뛰어다녔다
대지엔 식물과 곡식이 자라나 굶주리며 살았던
토끼들에게 양식이 되었다

태풍은 소멸되지 않고 살아 화성에도 도착했으며
화성을 지나 목성, 토성, 천왕성, 해왕성에 갔다
내 마음의 태풍은 영원히 우주 속에서 살아
평화와 안녕의 메신저가 되어 모든 별을 향했다
　　　　　　　　　　　　　　　　—「내 마음의 태풍」 전문

남태평양 바다에서 생성되는 태풍은 두려움의 대상이다. 말

그대로 태풍 전야는 "모든 것이 팽팽한 긴장을 하고" 큰 피해 없이 지나쳐가길 바랄 뿐이다. 자칫 세계를 송두리째 앗아갈 수 있는 태풍을 반기는 이는 없다. 그런데 시인은 태풍에 대한 이 같은 통념을 전복시킨다. 태풍 전야에 시인은 고국의 그리운 것들을 향한 애타는 그리움과 욕망을 "한 곳으로 모아/강한 바람과 비를 만들고 회오리를 만든"다. 그렇게 아주 빠른 속도로 남반구를 통과하여 북반구에 있는 시인의 그리운 대상들을 휩싸는 태풍을 욕망한다. 더욱 흥미로운 것은 시인의 이러한 욕망이 지구에 국한되지 않고 우주를 향해 열려 있다는 점이다. 그리하여 소멸되지 않은 "내 마음의 태풍은" 태양계뿐만 아니라 태양계 밖의 "영원히 우주 속에서 살아/평화와 안녕의 메신저가 되어 모든 별을 향"하고 있다. 이렇듯이 시인의 '바람'은 남태평양에서 생성하여 북반구를 지나 소멸되지 않은 채 태양계 곳곳을 흐르고 심지어 태양계 바깥 우주의 영원 속으로 '평화'의 전령사 역할을 맡고 있다. 어떻게 보면, '바람'은 시인에게 존재의 시작이며 존재의 궁극 그 자체일지 모른다. 이번 시집에서 '바람'에 관한 주요 심상은 매우 중요하다.

> 야자나무를 닮아 거친 피부의 적도 사람들은
> 밋밋한 야자나무의 몸뚱이를 타고 올라가
> 뚝, 열매를 따서 야자나무로 지은 집으로 갔다
> 붉은 사랑의 흔적 찾아 음식을 만들고
> 해와 달의 슬픔과 바람의 흔적을 마셨다
> ―「야자나무라는 짐승」 부분

경기장은 제 몸을 갉아 바람에게 주었다
바람도 그걸 받아 후손에게 넘겼으며
후손들은 그걸 먹고 세차게 불어댔다
경기장 안에선 바람들도
검투사와 맹수를 대신해 싸웠다
—「콜로세움에 지구를 집어넣다」 부분

추사(秋史)가 유배지 탐라에서 세한도(歲寒圖)를 그렸을 무렵, 난 필리핀 루손섬에서 세온도(歲溫圖)를 그렸다 세한도의 소나무 대신 열매가 주렁주렁 달린 망고나무와 파파야나무 그려넣고 초가 대신 바파이쿠보를 그려넣었다 그가 세찬 바람과 눈 내리는 탐라에서 독한 술을 마실 때, 나는 바닷가 카페에서 차가운 맥주를 마셨다 추사가 그림의 소나무처럼 변치 않는 기개를 바랐으나, 난 열매 맺어 가난한 나라의 사람에게 주는 나무들의 풍요로움을 간절히 원했다
—「세온도(歲溫圖)를 그리다」 부분

정선호 시인은 적도 사람들의 음식과 집의 주재료가 되는 야자나무로부터 "해와 달의 슬픔과 바람의 흔적"을 만난다. 야자나무의 생장과 적도 사람들의 생활은 서로 분리될 수 없다. 이 분리될 수 없는 양자의 관계를 매개해 주는 것이 바로 '바람'이다. 따라서 이 '바람'은 인간의 삶의 차원과 구분되는 기후 환경의 차원에서 유의미성을 갖는 게 아니라 적도 사람들의 문화생태로서 매우 중요한 역할을 수행한다. 또한 '바람'은 로마의 검투사들과 함께 로마의 흥륭성쇄와 관련한 역사를, 그곳을 찾은 사람들

에게 환기한다. 비록 텅 빈 콜로세움이지만 그때, 이곳을 가득 채웠던 삶과 죽음이 교차하는 욕망들 사이에서 솟구친 로마의 숱한 정치경제학적 욕망들이 지닌 역사의 흔적을 시인은 텅 빈 콜로세움의 적막을 휘감아 흐르는 '바람'을 통해 인식한다. 그런가 하면, 시인은 필리핀 루손섬에서 열대의 과실수와 열대의 전통 가옥을 그리며 "가난한 나라의 사람에게 주는 나무들의 풍요로움을 간절히" 원한다. 시인은 추사의 저 유명한 세한도를 패러디한 세온도를 그리는데, 세한도에서 불어대는 맵짜한 한풍(寒風)이 남반구 열대의 필리핀 섬에서 열풍(熱風)으로 전도된다. 여기서 흥미로운 대목은 세한도의 한풍(寒風)과 그것에 조응하는 소나무가 유가(儒家) 지식인의 윤리적 염결성에 초점을 맞추고 있다면, 시인이 그린 세온도의 열풍(熱風)과 과실수들은 가난한 사람들의 행복을 염원하는 데 초점이 맞춰지고 있다는 점이다. 그리하여 시인은 세온도를 그리며 열풍 속에서 과실수들이 풍성히 생장함으로써 적도 사람들의 행복과 풍요를 염원한다.

이렇듯이 우리는 이번 시집을 읽으면서 그동안 한국 시에서 좀처럼 만나기 힘든 열대 지역에 기반한 심상을 구체적으로 실감할 수 있다. 지구화 시대를 맞이하여, 어떤 관념적 상상력이 아니라 시인의 낯선 곳의 생활경험 속에서 피어올린 심상이 한국 시의 경계를 심화 확장시키는 데 주목할 필요가 있다. 특히 시 장르의 속성상 시적 화자의 고백이 주류인데, 국경 너머 낯선 문화생태를 관광의 차원이 아니라 일상의 차원에서 부딪치는 가운데 래디컬한 시적 성찰을 수행하고 있는 것은 가볍게 간

과할 사항이 결코 아니다.

> 멀리 적도의 나라에서 해변을 걸었다
> 더운 바람 북반구에서 불어오고
> 연인들은 더위에도 서로 살 부비고 있다
> 내 몸에선 겨울의 모든 것 빠져나갔다
> 처절하게 가슴 아팠던 생각들과
> 아픔으로 인해 깊어지던 사랑과
> 추운 바람에 여미던 그리움,
> 파도에 실어 보낸 삶과 죽음의 그것들이
> 바다에 뛰어들어 해수욕을 했다
> 아프지도 처절지도 않은 이곳에
> 난 그것들 잠시 여행을 보냈다
>
> ―「겨울, 수빅만에서」 부분

> 언제나 버스는 정해진 시간에 오지 않았다
> 내가 기다리는 버스의 종착지는 스페인이거나
> 필리핀의 어느 마을이나 한국의 내 고향이거나
> 저승의 문턱일 거다, 그곳까지 멀리
> 에둘러 돌아가야 했다 지금은
> 호흡을 가다듬고 꿈속을 헤매듯
> 망고나무의 잎이 떨어져 싹이 오를 때까지
> 내 몸의 푸른 피 마를 때까지
> 버스를 기다려야만 했다
>
> ―「망고나무 아래에서 버스를 기다리다」 부분

시적 화자는 적도의 나라에서 자신의 삶을 성찰한다. 그곳에서 시적 화자는 "호흡을 가다듬고 꿈속을 헤매듯" 버스를 기다리고 있다. 그곳에서 그가 마주하는 일상의 풍경은 겨울이 부재하는 적도 고유의 풍경이 그렇듯, "아프지도 처절하지도 않"다. 하지만 시적 화자의 성찰적 아픔은 동면(冬眠)을 취하며 다가올 신생의 기운을 애타게 기다려야 하는, 매서운 겨울을 견디는 과정에서 수반하는 처절한 아픔과 또 다른 존재론적 아픔을 겪는다. 비록 적도의 지역이 겨울은 부재하지만 새로운 열매를 풍요롭게 맺기 위해서는 새싹이 움터야 하며, 그 과정은 혹독한 겨울을 견디는 것과 다를 바 없는, 즉 "내 몸의 푸른 피 마를 때까지"의 시간을 견디는 고행이다. 사실, 이러한 시적 화자의 성찰이 갑작스레 이뤄지고 있는 것은 아니다. 시적 화자는 일찌감치 '나'의 성찰을 적극 실천해 왔다. 그는 오래전부터 '나'에 대한 모든 것들을 "지명수배" 해오면서, "내 의지와 상관없이 진행되는 일들과/누군가 정해 놓았을 내 운명을 수배"하고, "또한 내가 복제되어 어딘가에 살고 있을/수많은 나를 지명수배했다"(「지명수배자」).

그렇다. '지명수배'라는 시적 행위를 통해 시인은 그동안 자칫 권태롭고 나태해질 수 있는 자신의 삶을 심문하고 있다. 좀 더 부연하면, 지극히 개인적인 삶을 넘어 시인 주변의 현실과 삶을 향한 날카로우면서 웅숭깊은 성찰의 시선을 보인다. 가령, 시인은 시적 화자의 중학생 딸의 높은 학구열이 한국 사회에서 비정규직과 계약직을 벗어나기 위한 신자유주의의 무한경쟁이 빚어놓은 데 불과하다는 것을 매우 예리하게 비판하고(「창밖에 동백꽃 피다」), 오늘날 복잡한 문제적 현실의 근원적 해결책으로 자본주의 신봉자들을 우주 밖으로 추방시키고 태곳적 인류로 돌아가 지구의 새로운 삶을 도모하는 만화적 상상력의 비판적 풍자를 보인다(「주말농장이 사라졌다」). 그러면서 동시대의 현실에 대한 시인의 비판은 한때 진보적 가치를 노래했던 시(인)들의 흔적을 되밟는 과정으로 우리를 인도한다.

> 노동운동하던 이들이 시의원이 되고
> 대기업 노조의 간부가 되기도 했지만
> 근래에 늘어난 비정규직과 계약직의
> 임금과 복지를 외치는 이들 보기 어렵다
>
> 하지만 변함없이 노동자의 권익을 주장하며
> 아직도 민중가요를 부르는 시인들 있다
>
> ―「노동시의즐거움」 부분

한때, 노동운동을 포함한 민중운동의 꽃이 만개한 적이 있었다. 노동해방의 기치를 높이 들며, 노동해방이 곧 민중해방이며, 이것은 인간다운 삶을 만끽하며 살 수 있는 세상을 향한 역사의 진보를 향한 사회운동이었다. 물론, 지금도 이러한 노동운동의 역사는 지속되고 있다. 하지만 시인이 직시하고 있듯, 예전의 노동운동과 관련한 사람들은 사회적 기득권을 확보하였는데, 어찌 된 일인지 새로 불거진 노동문제(비정규직과 계약직)를 해결하고자 하는 노동운동은 보기 어렵다고 한다. 신자유주의 현실에서 노동운동이 어떻게 펼쳐져야 하는지, 무엇을 해결해야 하는 것인지에 대한 래디컬한 성찰은 아무리 강조해도 지나치지 않을 것이다. '노동시의 즐거움'이란 제목이 단적으로 보여주듯, 노동운동의 현저한 위축 속에서도("모두 떠났다/내가 사랑했던 사람들의 노래는 끝났다/(…중략…)/절친했던 노동시인 형은 술병으로 죽었다"─「죽음 또는 영상」) 노동의 가치를 향해 그리고 새롭게 불거진 노동의 문제를 응시하는 시들이 지속적으로 쓰여지는 한 '노동시의 즐거움'을 외면할 수 없다. 그럴 때 다음과 같은 시를 과거에 대한 퇴행적인 낭만적 감성으로 읽어서는 곤란하다.

> 망고가 주렁주렁 달린 망고나무 그늘이 짙습니다
> 난 그 그늘에 앉아 편지를 쓰고 있습니다
> 지금 고국의 모든 강산은 온통 눈으로 덮였고
> 나무들은 앙상하고 소나무만 푸르게 서 있겠지요
> 청년 시절, 우리는 겨울만 되면 무언가에 아파했고
> 눈 덮인 강가를 걸으며 문학을 얘기했지요
>
> 때론 봄이 아득함에 대한 안타까움이며
> 분단된 나라와 야근에 시달리는 누이들 떠올리며
> 찬 소주를 새벽까지 마시고 노래하며
> 원고지의 빈 칸을 밤새도록 채워넣곤 했지요
> 오지 않을지도 모를 사랑 찾아 걸었으며
> 사랑이 너무 아파 눈물을 흘리기도 했지요
>
> 지금 고국의 들판엔 바람이 가득히 살겠지요
> 사람들의 마음에도 바람이 살아 겨울엔

허전한 마음이 더 자리하고 있겠지요
또한 고국은 여전히 분단되어 있고
예전의 누이들은 청소 일과 식당에서 일하다
정규직을 외치며 차가운 거리로 나섰다지요

겨울이 없이 여름만 지속되는 적도의 나라에서
따뜻한 일상을 보내는 것도 죄짓는 것 같아
망고나무의 풍성함이나마 바람에 실어 보냅니다
지금도 겨울이 오면 잊지 않고 강을 찾아
원고지에 뭔가 빼곡하게 채워넣고 있을 당신을
이국에서 또렷하게 생각하며 지내겠습니다

— 「K시인에게」 전문

적도의 열대에서 시적 화자는 K시인에게 뜨거웠던 청년 시절
을 회상하면서 동시대의 비열한 현실을 우두망찰 목도할 수밖
에 없는 자신을 향한 자기성찰을 하고 있다. 예전이나 지금이나
달라진 것 없는 분단의 상처, 여전히 노동 현실의 모순과 억압
속에서 삶을 저당잡힌 노동자들……. 좀 더 복잡해지고 정교해
진 노동 착취의 현실은 노동자들 사이의 갈등 속에서 문제 해결
이 녹록치 않다. 무엇보다 이러한 한국 사회의 현실을 열대에서
속수무책으로 지켜볼 수밖에 없는 시적 화자는 아직도 "원고지
에 뭔가 빼곡하게 채워넣고 있을 당신을" 그리워한다. 여기서,
우리는 K시인을 정선호 시인의 또 다른 자아로 겹쳐볼 수 있지
않을까. 비록 몸은 적도의 열대에 있으나 '바람'을 통해 쉼없이
한국 사회와 소통하고 있는 시인의 시적 실천을 눈여겨보아야

하기 때문이다.

  끝으로, 이번 시집 전체를 관통하고 있는 '바람'의 오묘한 힘은 정선호 시인에게 시공간을 자유자재로 횡단할 수 있도록 한 바, 시집에서 곧잘 보이는 고대 사회의 유적 및 유물과 관련한 시편(「해반천을 따라 달렸다」, 「수로왕비릉 앞에서 물을 긷다」, 「다호리에서 밭을 일구다」)과 태곳적 원시와 관련한 시편(「수빅 영화관 앞에서」) 역시 '바람'과 무관하지 않다.

  시인의 삶과 시가 무관할 수 없듯, 어떤 한 곳에 붙박힌 삶이 아닌 자유로운 영혼으로서 이방의 삶을 성실히 살고 있는 그의 삶은 그 자체로 숭고한 아름다움을 표상한다. 그래서 자신이 살고 있는 삶의 터전을 겸허히 성찰하고 있는 정선호의 시 쓰기가 진흙탕에서 불처럼 피어나는 연꽃의 심상으로 표상되는 것 역시 '바람'의 작용임을 몰각해서는 안 된다. 왜냐하면 연꽃이 "불처럼 피어났다"는 데서 우리는 연소(燃燒) 과정에서 반드시 '바람'이 매개되어야 한다는 진실을 부정할 수 없기 때문이다.

> 연꽃은 진흙탕에서 불처럼 피어났다
> 아이들이나 나도 진흙탕에서 살고 있다
> 염원과는 다르게 펼쳐지는 이승의 골짜기,
> 때로 그 염원이 이루어지는 때가 있긴 했지만
> 순간일 뿐, 언제나 진흙탕에서 숨 쉬고 있다
>
> —「연꽃을 말하다」 부분

高明徹 │ 문학평론가 · 광운대 국문과 교수